HERMANAS COSCORRÓN, AGENCIA DE INVESTIGACIÓN

Las hermanas Coscorrón y el misterio de la caca de perro abandonada

Para Marcelo.
Y también para Carmen, Rosalía y Ascensión,
que existen de verdad.

Editorial Bambú es un sello
de Editorial Casals, S. A.

© 2012, Anna Cabeza
© 2012, Editorial Casals, S. A.
Tel.: 902 107 007
www.editorialbambu.com
www.bambulector.com

Ilustraciones interiores y de la cubierta:
Toni Batllori
Diseño de la colección: Miquel Puig

Primera edición: septiembre de 2012
ISBN: 978-84-8343-201-3
Depósito legal: B-12978-2012
Printed in Spain
Impreso en Anzos, S. L.
Fuenlabrada (Madrid)

Hermanas Coscorrón,
AGENCIA DE INVESTIGACIÓN

El misterio de la caca de perro abandonada

Anna Cabeza

Ilustraciones de
Toni Batllori

EDITORIAL

Hermanas Coscorrón, Agencia de investigación

Había una vez tres abuelitas que eran hermanas y se pasaban muchas horas viendo series de televisión. A veces se enfrentaban a misiones muy peligrosas, como intentar colarse en la carnicería, ganar una partida de dominó en el club de jubilados o bien destacar en una conversación con un grupo de amigas.

Pero yo las aparté de todo aquello... Me refiero a que conseguí que se levantaran del sofá, que dejasen de hablar durante un rato y, ahora, las tres resuelven misterios muy importantes. Yo las ayudo en todo lo que puedo: me llamo Marcelo y tengo nueve años.

¿Y ellas? ¿Queréis saber cómo se llaman?

Las Hermanas Coscorrón:

Carmen Coscorrón:

Tiene 76 años (aunque siempre se quita uno y dice que tiene 75. ¡Ella es así!). Sin embargo, no consigue engañar a nadie porque es gemela de Rosalía y todo el mundo sabe la edad que tiene esta. A Carmen le gusta hacer manualidades: teje colchas kilométricas y unas bufandas que pueden tapar el cuello de seis personas juntas. Cuando refunfuña, las tapas de las ollas de la cocina se ponen a temblar... Es rubia «de bote», bajita y muchas veces se entromete en los problemas de los demás. Siempre cocina muchísima comida y cuando dice «vamos a picar alguna cosita», tienes que prepararte para una cantidad bestial.

Rosalía Coscorrón:

¿Es necesario que diga la edad si ya sabéis que es gemela de Carmen? Pues voy a decirla: tiene 76 años y es muy, pero que muy coqueta. Cuando le sobran unos minutos te hace una camisa o un pantalón porque le gusta mucho coser.

Habla por los codos, y le encanta contar cosas de su familia o bien enseñar las fotos de su viaje a la playa de... ¡Vaya, ahora no me acuerdo! Cuando va al gimnasio baila las canciones más modernas, aunque sea la mayor de la clase. Pero después todo son quejas: que si los huesos, que si el lumbago, que si el dedo gordo del pie...

Ascensión Coscorrón:

No se acuerda nunca de cuántos años tiene (confidencialmente: tiene 74). Como podéis ver, es muy despistada. Está bastante sorda y, por tanto, pone la televisión a todo VOLUMEN. Ni es alta ni es baja, es... de estatura media. Cuando va a la peluquería deben esconder los botes de laca porque quiere que le pongan litros y litros. Juega a las cartas y al dominó y siempre se queja de que le duele algo...

Llora mucho cuando ve su serie favorita en la televisión y se enrolla contando aventuras sobre todos sus parientes.

Y también cuento cosas sobre mí, porque soy un personaje importante en esta historia:

Marcelo:

Soy el nieto de Ascensión. Me gusta acompañar a las hermanas Coscorrón a todas partes y las vigilo, por si acaso. Llevo gafas, tengo el pelo castaño, los ojos azules y soy bastante alto.

Desde que mi madre murió, vivo con mi padre, con mi abuela Ascensión y con mis tías abuelas Carmen y Rosalía. Mi padre es músico y como siempre anda muy ocupado, no está mucho en casa. Siempre está actuando por aquí o por allá.

Tengo nueve años (de acuerdo, ya sé que lo he dicho antes), soy simpático e inteligente (¡sí, de verdad! Si no me lo digo, ¿quién lo hará?) y siempre colaboro con mi abuela y las demás. Os contaré algunas historias... ¡Y alucinaréis!

¿Y cómo puede ser que tres abuelas inofensivas se hayan convertido en detectives privados?

¿Comieron alguna cosa que les sentó mal y se transformaron?

¿Se dieron cuenta de que con la pensión de jubilación que cobran no les llega ni para comprarse un cacahuete rancio?

¿Alguien les regaló el *pack* completo de las películas de James Bond y las estuvieron viendo hasta que el reproductor de DVD empezó a echar humo?

¡¡¡¡¡Noooooo!!!!! ¡Nada de eso! ¡Vais a descubrirlo enseguida!

¡Ah, y antes de que se me olvide! Estas «inofensivas» abuelas detectives tienen unas «armas secretas» que son ABSOLUTAMENTE NECESARIAS para resolver los casos. ¿Queréis saber cuáles son?

LAS «ARMAS SECRETAS» (bueno, no tan secretas, porque os las estoy contando a vosotros)

Las «armas» de Carmen Coscorrón

El bastón. Parece un bastón como muchos otros y Carmen lo utiliza para andar más segura por la calle. Pero si eres un granuja con ganas de bronca, prepárate para tomar... ¡jarabe de palo! (Nota: «Jarabe de palo» es una expresión antigua, que significa que te lloverán bastonazos de todos los lados).

La sartén. Carmen es previsora y le gusta llevar una sartén en el bolso por si acaso tiene que freír un huevo o una salchicha en cualquier lugar. ¡El hambre puede atacarnos por sorpresa! Y nunca se sabe cuándo tendrás que propinar un sartenazo a algún delincuente desvergonzado...

Las agujas de hacer calceta. Para tejer jerséis de lana o para abrir puertas, para imitar un arma *ninja*, para hacer lucha de espadas... ¡Evitad las agujas de Carmen!

Las pantuflas viejas. Parecen inofensivas, van bien cuando se tienen los pies cansados... pero si Carmen se enfada os pueden pasar dos cosas: que os desmayéis a causa del mal olor o por el impacto cuando choquen con vuestra cabeza. ¡O por todo a la vez!

Las «armas» de Rosalía Coscorrón

El perfume anestésico. Rosalía lleva un perfume caducado en su bolso, pero nunca se acuerda de tirarlo a la basura. Hay sospechas fundamentadas de que este perfume fue fabricado hace tres siglos. Rosalía lo utiliza como bomba de humo anestésica para dejar inconscientes a los delincuentes.

La cámara fotográfica digital. Una cámara digital, con una tarjeta de memoria en la que caben 900 fotos, en manos de Rosalía es un peligro. Le da la paliza a todo el mundo cuando enseña las fotos de sus excursiones. ¡Es imposible escaparse! Y si eres un granuja que intenta pasar desapercibido, lo tienes claro: seguro que apareces en alguna de sus imágenes.

El neceser de costura. Las agujas de coser y los alfileres no solo salen del costurero cuando hay que zurcir unos pantalones... En manos de Rosalía son una poderosa arma de destrucción masiva. ¡Sí! ¡No os riais! Si os sentáis en el sofá y ella ha olvidado ahí una aguja, entenderéis lo que quiero decir.

El bizcocho tóxico. Toda abuela que se precie tiene su receta de cocina predilecta. La de Rosalía es la del bizcocho de crema. Lástima que la crema caducara en el año 1989...

Las «armas» de Ascensión Coscorrón

Los collares de bisutería. Las cuentas de collar esparcidas por el suelo se convierten en una trampa resbaladiza para los villanos que intenten darse a la fuga. ¡Es peor que bailar sobre hielo con los pies descalzos!

El abrigo de piel sintética. A Ascensión le regalaron un abrigo de piel sintética (¡porque ella no quiere hacer daño a los animales!). Pero hay que estar alerta: un abrazo demasiado cariñoso de Ascensión cuando lleva el abrigo puesto os puede dejar K.O. por asfixia.

El bolso. Acumula tantas cosas en su bolso que si os da un «toquecito» con él, lo tenéis claro: perdéis el conocimiento.

La dentadura postiza. La trampa perfecta para morder a distancia.

las Hermanas Coscorrón,

Agencia de investigación

1. Aquel día de la caca misteriosa...

No sé si habéis tenido alguna vez una vecina que hable en letras mayúsculas. Es una experiencia terrorífica. Muy cerca de casa tenemos a una vecina que habla así y, además, añade toneladas de signos de admiración a sus frases. Grita tanto que, cuando canta un gol, las agujas de los sismógrafos de todo el mundo se ponen a bailar la conga.

Pero estoy desviándome del tema... Empiezo la historia.

¡EJEM!

(Sonido de aclararse la garganta y que le da un aire de seriedad a lo que voy a contar.)

Aquella tenía que ser una mañana como las demás para las hermanas Coscorrón: Rosalía estaba charlando con una amiga por teléfono, Carmen cocinaba unas croquetas y Ascensión... dormía una siestecilla, como cada día. De repente, alguien llamó a la puerta. Preparaos para el volumen...

–¡¡¡¡¡¡TENÉIS QUE AYUDARME!!!!!! ¡¡¡¡¡¡ES URGENTÍSIMO!!!!!!

–¡Cálmate, Margarita! –dijo Carmen –¿¿¿QUÉ???

–¡¡¡¡¡¡¡¡CÁLMATE, MARGARITA!!!!!!!!

Aquello no pintaba demasiado bien. El papel de la pared del pasillo estaba a punto de despegarse por culpa de las vibraciones de tanto grito. Los cristales de las gafas de Ascensión estaban en peligro. Una de las croquetas de Carmen estalló. Margarita casi echaba fuego por los ojos.

–¡ESTOY INDIGNADA! Cada día, justo delante de mi portal, encuentro una CACA DE PERRO y SIEMPRE ESTOY A PUNTO DE PISARLA. Si AGARRO al propietario del perro gracioso que se dedica a hacer eso, le pondré el boñigo en un marco para que lo cuelgue en el COMEDOR DE SU CASA –se detuvo un instante para coger aire–. ¿SABÉIS QUIÉN PUEDE HABER SIDO?

–No tenemos ni idea, Margarita –dijo Carmen.

–¿QUÉ?

–¡¡¡¡¡¡NO TENEMOS NI IDEA, MARGARITA!!!!!!

Se hizo el silencio. Margarita se rascó la cabeza, Carmen la imitó y Rosalía y Ascensión, que habían venido a ver qué pasaba, también se rascaron la cabeza. Yo, que no me rascaba la cabeza, tuve una idea:

¡Pling! (Sonido de cuando te viene una idea.)

–Tenemos que hacer algo para ayudar a Margarita –dije, con una media sonrisa dibujada en la cara.

–Es que... –dijeron mi abuela y mis tías abuelas con tono de duda.

–¡No podemos dejar que nos invadan las cacas de perro!

–Es que...

–¡Chicas! Poneos en marcha, coged todo lo necesario.

–¿Y tiene que ser justo ahora que empieza la telenovela? –preguntó Ascensión.

–¡¡¡¡¡¡SÍ!!!!!! –contesté en mayúsculas, para gran alegría de Margarita.

Las tres se emperifollaron, cogieron sus cosas y pusieron una cara muy seria, de esas caras que te hacen exclamar: «¡Guau! ¡Toma! ¡Vaya! ¡Uffff! ¡La que nos espera!».

¡TARAMBAMBAM!

(Redoble triunfal que significa que lo que viene a continuación será superemocionante.)

2. En busca de posibles pistas

A Rosalía se le ocurrió un método infalible para descubrir en qué casas del vecindario había perros: pasar por delante y pegar la oreja a la puerta.

–Si se oye un ladrido, ¡querrá decir que hay un perro! –dijo Rosalía, enarcando una ceja como lo hacen los detectives de la televisión.

–¡Oooh! ¿De verdad? –respondieron Carmen y Ascensión, maravilladas ante tanta perspicacia detectivesca.

–Primero vayamos a casa de Encarna. Sabemos perfectamente que tiene un perro. Ese perro faldero que tengo ganas de guisar con patatas cada vez que me despierta en mitad de la noche –dijo Rosalía.

Llamaron a la puerta varias veces, por si acaso, y Encarna les abrió.

–¡Buenos días! Nos han pedido que investiguemos... –empezó diciendo Ascensión, poniendo cara de vendedora de perfumes a domicilio.

–¡Calla! –la interrumpió Carmen– ¡No hace falta que lo cuentes todo, caramba!

–¡Ejem! –prosiguió Rosalía–. Mira, Encarna, la pregunta es sencilla... No es necesario que le demos muchas vueltas... La cuestión es que... En fin, que nos han dicho que...

–¡Basta! –la cortó Ascensión–. Vamos al grano. A ver, Encarna: hay dos cosas obvias...

Al cabo de diez minutos, Encarna todavía no sabía por qué sus tres vecinas habían ido a verla.

Yo me lancé, no había otra forma de que la acción avanzara.

–¿Es tu perro el autor de la caca que Margarita encuentra cada día delante de su portal?

Encarna puso cara de estar dispuesta a arrancarme las dos orejas y dijo:

–¡Nooooo! ¡Imposible! ¡Mi *Garbancito* no haría nunca tal cosa!

Descartado el sospechoso número uno, solo nos quedaba lo siguiente por hacer: ir a buscar al sospechoso número dos, el pastor alemán de Enrique, el vendedor de «chuches» que vivía cerca de la casa de Margarita.

–¡Nooooo! ¡Imposible! ¡Mi *Gominola* no haría nunca tal cosa!

El sospechoso número tres era el perro salchicha de Telma y Luis, los de la charcutería de la esquina.

–¡Nooooo! ¡Imposible! ¡Nuestro *Choricito* no haría nunca tal cosa!

¿Qué puedo decir del sospechoso número cuatro? Quedaba descartado de entrada. El *yorkshire terrier* de Amelia, la del quiosco, no podía ser el autor por una cuestión de proporciones: la caca era más alta que él. Así que nos ahorramos que Amelia nos dijera la célebre frase:

¡Nooooo! ¡Imposible! ¡Mi *Bomboncillo* no haría nunca tal cosa!

¿Cómo os lo diría? Llegamos a la conclusión de que, o bien los perros del vecindario no hacían nunca caca, o bien que existía un perro extraterrestre que, cada noche, venía desde la galaxia del Quinto Pino, aparcaba la nave, bajaba, hacía sus necesidades delante del portal de Margarita y después volvía a subir a la nave y regresaba a su planeta, a unos diez mil millones de años luz de distancia.

–¡Ajá! –dijo Carmen.

–Ajá, ¿qué? –respondieron sus hermanas.

–¡Mmmmmmm! –dijo ella.

–Mmmmmmm, ¿qué?

–¡Ya lo tengo!

–¿Qué es lo que tienes?

Mientras se comían las croquetas, Carmen les contó su estrategia para pillar al perro autor de la caca y a su desaprensivo amo o ama. Era una estrategia inteligente y peligrosa, un plan magnífico, una táctica profesional, una estratagema imaginativa...

Carmen se quedó mirando a sus hermanas y mientras cogía una croqueta dijo, con voz profunda:

–Mi plan es...

3. La patrulla Coscorrón

–...vigilar la calle día y noche.

–¡Genial! –respondieron sus hermanas–. ¿Cómo es posible que no se nos haya ocurrido antes?

Mi abuela Ascensión y las otras dos se organizaron enseguida. Y lo hicieron tan bien... ¡Reíros de las cámaras de vídeo que vigilan las calles! ¡Reíros de los detectives privados que cobran por horas y que siempre van mal afeitados! ¡Reíros de los satélites-espía, capaces de detectar que os estáis hurgando la nariz desde 3.000 millones de kilómetros de distancia! Ellas eran mucho mejores.

Montaron unos turnos de vigilancia que consistían en quedarse detrás de las cortinas de la ventana, observando el exterior. Rosalía aportó su cámara digital, siempre con la batería cargada y a punto para hacer fotografías a todo el que se le pusiera por delante.

¿Y yo? ¿Qué tenía que hacer yo? Pues ahora os lo cuento: a mí no me dejaron intervenir en nada.

–¡Tienes que hacer los deberes! –dijo Carmen.

–Y tienes que ir a la actividad extraescolar de hoy, que ya no sé si es música, gimnasia, esgrima, pintura o baloncesto –añadió Rosalía.

Faltaba mi abuela Ascensión:

–¡Y tienes que ordenar tu cuarto! Hace días que no puedo emparejar un calcetín y me parece que lo utilizas como marcapáginas.

El primer turno de vigilancia fue bien: Ascensión colocó su televisor portátil junto a la ventana y deleitó a los vecinos con unos cuantos capítulos seguidos de sus series preferidas. Gracias a lo alto que estaba el volumen, todo el vecindario acabó enterándose de que Luis Gerardo (el protagonista de *Amor en tiempos sedientos*) estaba a punto de dejar a su novia de toda la vida (Fernanda Elena) porque se había enamorado de Carmen Marta, una chica con cara de ser más mala que un helado de petróleo.

Ascensión no observó nada extraño, pero anotó algunos detalles que podían ser publicados en la revista *Cotilleos de la calle*:

QUE EL SEÑOR MANUL HA TIRADO
UN CHICLE MASTICADO AL SUELO. AL
POCO RATO HA VUELTO PARA RECUPE-
RARLO. DEBÍAN DE HABÉRSELE TERMI-
NADO LOS CHICLES A ESTRENAR.

* * *

QUE MAGDALENITA, LA NIETA DE LA
SEÑORA ENCARNA, TIENE UN NOVIO NUEVO.

ESTE TIENE CARA DE SER UN
POCO MÁS BOBO QUE EL ANTERIOR
PERO SEGURAMENTE MENOS QUE
EL QUE EL QUE VENDRÁ DESPUÉS.

* * *

TAMBIÉN HEMOS PODIDO SABER
QUE LA SEÑORA MARGARITA,
ALIAS "LA GRITONA", "LA LECTO-
RA", "LA DE LA CASA DE PERRO", HA

El Cotilleo de la Calle 2

El turno siguiente fue el de Carmen. Os pregun-
taréis si es posible cocinar sopa de calabaza, canapés
de atún y huevo duro, cordero asado con patatas, salsa mayonesa y pastel de manzana y, al mismo tiem-
po, vigilar la calle. Pues sí, es posible.

Carmen no notó nada extraño. Pero apuntó en un
bloc varias acciones sospechosas por parte de algunos vecinos:

garbancito, el perro de Encarna no
hace caquita en la calle, pero sí es el
responsable del pipí que nos encontra-
mos cada tarde en el portal de casa.
Ya sabemos quién nos endosa toneladas de papeleo publicitario en el
buzón de casa: la señora Filomena,
la vecina de tres puertas más allá.
Con una expresión pícara, nos mete la

El turno de Rosalía aportó una gran cantidad de imágenes gracias a su cámara fotográfica:

–Quince fotos de la señora Luisa lanzando botellas de plástico en el contenedor de materia orgánica y yéndose del lugar con cara de querer decir: «Caramba, es que el contenedor de plástico está demasiado lejos».

–Doce fotos de la suela del zapato de la propia Rosalía (se le había disparado la cámara sin que ella se diera cuenta durante un ratito que durmió la siesta).

Pero en ese reportaje fotográfico sobre la vida en nuestra calle había una imagen que llamaba la atención... Algo no era normal, no cuadraba, no encajaba, no funcionaba... Y es que una de las fotos revelaba una presencia inquietante...

4. ¡Secuestrada!

–Estos hombres no viven en el barrio –dijo Rosalía.
–No los conocemos de nada –añadió Carmen.
–Y, además, han salido fatal en la foto –sentenció Ascensión.

¡Ajajá! La vigilancia de la calle nos acababa de aportar una nueva pista, a pesar de que no teníamos ni idea de cuál era la información que nos proporcionaba. Porque, la verdad, lo que estábamos buscando era al perro responsable de la caca, y lo que teníamos delante era una fotografía de dos hombres, vestidos con chaqueta y pantalón de color oscuro, y gafas también oscuras, plantados ante la sucursal bancaria que tenemos casi delante de casa.

– ¿No os parece que tienen pinta de gánsteres? –dijo Rosalía.

–No, yo creo que no se parecen en nada a unos hámsteres –rezongó Ascensión.

–¡GÁNSTERES, Ascensión! O sea: malhechores, rateros, pandilleros, bandidos, forajidos, desvalijadores, salteadores... –remató Carmen.

Las hermanas Coscorrón miraron la imagen al derecho y al revés y no encontraron ninguna explicación lógica a la presencia de aquellos dos hombres siniestros delante de la sucursal bancaria.

–¿Y la caca? ¿Quién es el autor de la caca?

Las hermanas ya casi se habían olvidado de eso, así que tuve que recordárselo. Si no fuera por mí...

–En estas imágenes no aparece ningún perro... –dije yo, en un ataque repentino de perspicacia.

–¡¡¡¡Hmmm!!!! –dijeron las tres hermanas Coscorrón a la vez.

Estuvieron pensando durante una hora. Todos juntos seguimos vigilando la calle. Nada. «Tic-tac, tic-tac», hacía el reloj de la salita, un ruido que nos ponía de los nervios.

Aunque teníamos claro lo que buscábamos, la imagen de los dos hombres misteriosos nos empezó a preocupar y nos olvidamos del presunto perro que había hecho la ya no tan presunta caca. Dos hombres con cara de pocos amigos delante de una sucursal bancaria... Seguro que no habían ido allí a

pedir un préstamo ni a pedir información sobre cómo conseguir una cubertería nueva ingresando diez
millones de euros en una cuenta a plazo fijo.

Al cabo de pocos segundos...

–Eh, estos dos hombres han entrado en el banco
–dijo Rosalía, que estaba cerca de la ventana–. ¡Y ahora
salen a toda velocidad!

Cuatro narices se quedaron automáticamente pe-
gadas al cristal. La mía quedaba un poco más abajo
que las de las hermanas Coscorrón, y al cabo de unos
momentos ya no veía nada por el efecto del vaho de
mi propia respiración y la de las hermanas Coscorrón.

–¡Tenemos que averiguar quiénes son! –dijo Carmen con tono enérgico.

–¿Y qué quieres hacer? ¿Salir y preguntarles si
son unos gánsteres? –preguntó Rosalía.

Carmen se la quedó mirando y una expresión de-
cidida se dibujó en su cara.

–¡Eh, ni se te ocurra! –se alarmó Rosalía.

Pero cuando Carmen tomaba una decisión, nada
podía pararla. Empezaba a oscurecer y los dos hombres vestidos de negro se confundían con el paisaje.
La farola de la calle parpadeaba y el viento soplaba
cada vez con más fuerza. Un ambiente que no invi-
taba a salir de casa. Pero Carmen ya estaba fuera, se-
ñalándoles con su bastón...

–¡Eh, ustedes! ¡Sí, sí, ustedes! ¿No serán unos gánsteres?

–¡Señora, no se meta donde no la llaman! ¡Vuelva a su casa!

–¡Sí, claro! ¡Yo no me voy sin que me den una explicación! –Carmen era insistente–. ¡Eh! ¿Qué hacen con estas maletas? ¿Y con esas pistolas?

Un coche de color oscuro giró de repente y apareció en la esquina de la calle. Iba sin luces. En aquellos momentos no pasaba nadie. Rosalía, Ascensión y yo nos pusimos muy nerviosos.

Y en un abrir y cerrar de ojos, sucedió. Fue una escena de las mejores películas de acción. Lástima que una de las protagonistas fuera Carmen Coscorrón. El coche oscuro se detuvo y un tercer hombre vestido de negro (bastante gordo, todo hay que decirlo) bajó. Carmen se puso a gritar y la emprendió a golpes con su bastón.

–¡POLICÍAAAAAAAAAAA!

Asustados, los tres hombres la hicieron subir al coche y con un ruido muy estridente (¡¡¡yyyyyyyyyy!!!), el vehículo arrancó a toda velocidad.

Tardamos un minuto en cerrar la boca. Pero la volvimos a abrir de inmediato para decir:

–¡HAN ROBADO EL BANCO!

–¡Y HAN SECUESTRADO A CARMEEEEENNNN!

5. ¡Siga a ese coche!

Reaccioné inmediatamente. Con cara de héroe de película de acción, paré un taxi que pasaba por la calle y pronuncié aquella frase típica:

—¡Siga a ese coche negro!

Pero ya hacía un rato que el vehículo de los gánsteres había desaparecido y el taxista no estaba para bromas.

—¿Qué coche negro? ¡Yo no veo ninguno!

Nos costó un poco, pero entre Ascensión, Rosalía y yo le convencimos para que arrancara y siguiera todo recto. Los gánsteres habían desaparecido en dirección a la avenida central.

—¡Están ahí! ¡Acelere!

Ese taxista tenía tantas ganas de ir deprisa como yo de pisar la caca misteriosa.

–¡Ay, me he olvidado el bolso! –dijo Ascensión, que no va ni a la esquina sin él.

–¡Ahora no podemos volver a casa, abuela!

–¿Cómo que no?–. Y clavando su dedo índice en la espalda del taxista, ordenó–: ¡Oiga, usted! ¡Retroceda!

Al cabo de dos minutos ya volvíamos a estar en casa. Ascensión y Rosalía entraron y, tras unos segundos, convenientemente «armadas» con sus bolsos, salieron a toda prisa. Mientras el taxista nos llevaba calle arriba otra vez –refunfuñando y con cara de malas pulgas–, Rosalía intentaba pintarse los labios. No sé si fueron los saltos que daba el taxi o los nervios que ella tenía, pero terminó con las cejas de color fucsia.

Con tanta ida y venida, el coche negro había desaparecido en la oscuridad de la noche. Yo lo digo así, pero el taxista utilizó una expresión menos poética.

–¡Este coche negro se habrá ido a hacer gárgaras!

Pero cuando nos disponíamos a dar media vuelta y volver a casa, tuve una idea brillante:

–¿Y si vamos al muelle? En las películas de gánsteres siempre terminan en algún almacén oscuro y destartalado cerca del muelle...

Y hacia allí nos llevó el taxista, cada vez más convencido de que escondíamos una cámara oculta y que le estábamos grabando para que saliera en algún programa de televisión, de esos que gastan bromas pesadas a la gente.

¡Mi intuición no había fallado! Allí, en el callejón más oscuro, sucio y escondido de todo el muelle, estaba aparcado el coche negro de los gánsteres. Sí, sí, gánsteres, porque ahora ya no teníamos ninguna duda de que lo eran.

–Tenemos que pensar en alguna estrategia, estos hombres pueden ser peligrosos –dije en voz baja.

–¿Estrategia? –refunfuñó Rosalía–. ¿Qué mejor estrategia que darles un tortazo por haber secuestrado a Carmen?

–¡Eso mismo! –gritó Ascensión–. ¡Les voy a dar un bolsazo en las narices!

Ignorando mis recomendaciones y con paso firme, Rosalía y Ascensión se dirigieron hacia la puerta del oscuro almacén, del que salía un poco de luz.

–¡No, deteneos! –dije, más asustado que nunca.

Se detuvieron un instante. Me sorprendí de que me hicieran caso.

Miré a través de una rendija de la puerta y vi a Carmen que, sentada en una silla y atada, intentaba deshacerse de la mordaza que le habían puesto para que no les echara la bronca. Una bombilla colgaba justo encima de su cabeza y las sombras de los tres gánsteres se proyectaban, gigantescas, en las paredes.

–¡Oooohhh! ¡Pobre Carmen! –dije.

Y no tendría que haberlo hecho porque, al oírme, Rosalía y Ascensión ya no pudieron aguantar más.

¡PUM!

La puerta del almacén se abrió y dejó paso a dos enfadadísimas hermanas Coscorrón, dispuestas a todo. La dentadura postiza de Ascensión se clavó en la nalga de uno de aquellos hombres (el más gordo), mientras un bolso de enormes proporciones y con la consistencia de una roca granítica le aterrizaba encima de la cabeza. Otro de los gánsteres (el más delgado) se vio atacado por un ejército de alfileres y por una cinta métrica.

¿Y yo? ¿Qué hacía yo? Pues, además de temblar como una hoja, intentaba pensar. La cabeza me iba a mil por hora. Pero el tercer gánster, el más alto y fuerte, apareció de golpe y en un segundo consiguió dominar la situación.

¡PLUF! ¡FLASH! ¡PAM!

Ahora ya eran tres las abuelas atadas a una silla. El gánster gordo nos dijo, con voz de trueno:

—Ahora nos explicaréis todo lo que sabéis... ¡Venga, cantad!

6. ¡Uy, uy, uy!

Si en esos momentos mi cabeza hubiera sido un ordenador, seguro que habría pulsado el botón *reset* para tratar de reiniciarme y deshacerme de aquella pesadilla. En vez de eso, decidí que debía ir en busca de ayuda.

Pero ya se sabe que uno quiere hacer algo... y el destino le depara otra cosa. En el exterior del almacén todo estaba muy oscuro, tropecé con un objeto que había en el suelo y, con mi caída, arrastré unos cuantos barriles llenos de no sé qué e hicieron un ruido espantoso. ¡Cataclonc, clonc, clonc! Vamos, yo, que quería ser discreto y sigiloso como un gato, conseguí el efecto contrario: despertar a media ciudad.

—¡Eh! ¿Quién anda ahí? ¡Sal inmediatamente o no respondo!

Aquellos gánsteres no estaban para muchas bromas. Yo tampoco. Un barril, que cayó algo más lejos de donde estaba yo, fue mi salvación.

—¡Por allí!

Los tres corrieron en dirección contraria y yo aproveché la oportunidad para colarme dentro del almacén.

—¡Iré a buscar ayuda! ¡Vuelvo enseguida! —les dije a las Coscorrón, en voz baja.

Las tres hermanas me miraron muy asustadas e hicieron un ruido extraño.

¡¡¡¡¡Mmmmmm!!!!! ¡¡¡¡¡Mmmmmm!!!!!

Me marché corriendo, y hasta que no estuve un poco más lejos no comprendí lo que me querían decir y que, seguramente, era algo así como:

¡Quítanos la mordaza y desátanos, burro!

Demasiado tarde. Notaba detrás de mi cogote el aliento de los gánsteres que me perseguían. Bueno, tal vez exagero. Sentía unos pasos que resonaban en la noche y unas voces que decían:

—¡Como te pillemos, que no te pase nada!

Corrí tan rápido como pude, corrí hasta que tuve la sensación de que los pulmones se me saldrían por las orejas y se me quedarían colgando como dos pendientes exóticos. Cuando me pareció que había logrado despistar a los gánsteres, me detuve para tomar aire. Un par de faros de coche parpadeando que venían hacia mí me hicieron reaccionar, pero la voz no salía de mi boca.

–Po... Pol.... Poli... Polic... Policí...

El coche patrulla pasó de largo, como si yo fuera invisible. ¿Qué podía hacer? Quizá lo mejor era volver a casa y buscar la ayuda de los vecinos. O quizá tenía que ir a la comisaría de policía más cercana. O bien entrar en el primer bar que encontrara abierto y contarlo todo... ¡Tenía que salvar a las hermanas Coscorrón!

Si hubiera podido ver lo que había pasado en el almacén oscuro y sucio mientras los gánsteres me perseguían, me habría llevado una gran sorpresa. Mientras los ladrones iban detrás de mí, Rosalía Coscorrón, gran aficionada a las labores de costura, había logrado deshacer el nudo de la cuerda que le ataba las manos y había liberado a sus hermanas.

–¡Deprisa, chicas! ¡Que esos salteadores están a punto de regresar! –dijo Carmen.

–¿No puedes decir «gánsteres», como todo el mundo, y dejarte de palabrejas raras? –la riñó Rosalía.

Las tres hermanas recogieron sus pertenencias –es decir, la dentadura postiza, algunos alfileres, la cinta métrica y los bolsos– y se dieron prisa en salir del almacén.

–¡Eh! ¡Que vuelven! –se alarmó Ascensión.

Y sí, los gánsteres ya estaban de nuevo allí y no esperaban encontrarse a las tres abuelas desatadas y preparadas para salir huyendo.

–¡Se escapan! –dijo resoplando el gánster alto y fuerte que acababa de entrar corriendo en el almacén.

Pero ya no pudo decir nada más. Ascensión acababa de romper uno de los múltiples collares de bisutería que llevaba puestos y las cuentas se esparcieron a toda velocidad por el suelo. Los tres gánsteres empezaron a resbalar y, en pocos segundos, el panorama fue este: los tres acabaron empotrados en la pared del almacén de una manera tan decorativa que parecían un mural hecho por un artista moderno.

7. ¡De secuestro en secuestro y tiro porque me toca!

Las hermanas Coscorrón se habían librado de los gánsteres y los tipejos intentaban recomponerse después del trompazo.

–¡Toma, esta mandíbula es tuya!

–Ah, gracias, yo te paso este brazo, que se te ha caído mientras te empotrabas en la pared. ¿Alguien ha perdido una oreja?

Ellas corrían (es una manera de hablar) hacia la civilización.

A mí me fue imposible detener un vehículo porque no me hicieron ni caso, pero las ancianas tenían muchos recursos, como plantarse en mitad de la calzada.

–¡Ouaaaahhh! –gritó un camionero, pisando el freno a fondo.

Mientras el hombre recolocaba sus globos oculares dentro de las órbitas, Carmen abrió la puerta del camión y dijo:

—Joven, ¿nos lleva a la comisaría más próxima?

Lejos de allí, yo no tuve tanta suerte. Iba haciendo señales a los coches pero no se paraba ninguno, y hasta hubo unos gamberros que me lanzaron una piel de plátano mientras se reían de mí:

—¡Toma, chaval, fabrícate un sombrero!

«¡Tengo que avisar a la policía, como sea!», me repetía desesperado.

De repente, a lo lejos, apareció un vehículo y me dije, «¡Eh, este sí se detiene! ¡Este no se me escapa!

Y no se me escapó, no. Lo que pasa es que quizá habría tenido que mirar un poco más detenidamente cómo era ese coche, porque... ¿Es necesario que os lo cuente? Eran ellos... ¡Los gánsteres! ¡¡¡¡¡Yyyyyyyyyy!!!!! El frenazo se oyó desde la península más remota de la Antártida.

—¡Ajá! Así que tú eres al que perseguíamos antes, ¿no? ¡Pues ahora verás lo que hacemos con los chicos que se portan mal! —dijo el gánster alto y grueso.

—¡Eh! ¿Qué habéis hecho con las hermanas Coscorrón? No las habréis...

Solo de pensar lo que podían haber hecho, se me congelaban las orejas.

Me agarró por la nariz y me hicieron entrar en ese maldito coche, que ya me empezaba a resultar más familiar que el autobús de línea que cojo para ir al cole.

–¡Habla, chico! ¿Dónde pueden haber ido esas abuelas tan pesadas?

–¿Cómo que dónde pueden haber ido? ¿No las habíais secuestrado?

Yo ya no comprendía nada.

–¡Han escapado! –dijo uno de ellos, e inmediatamente recibió un codazo en las costillas por parte de otro gánster.

–¡Calla, no es necesario que lo cuentes todo!

¡Caramba! ¡Vaya ataque de risa que me dio! Ahora resultaba que tres abuelas indefensas habían podido escapar de las garras de aquellos hombres tan grandotes como tres armarios. Bueno, uno de ellos con las puertas abiertas, de tan cuadrado que era.

–¡¡¡¡¡¡Ja, ja, ja, ja, ja, ja, ja, ja!!!!!!

No pude contenerme. Mis «ja, ja, jas» iban en aumento. Eran unos «¡JA, JA, JAS!» en letras mayúsculas, como las que utiliza la señora Margarita, la vecina enfadada por culpa de la caca. ¿Y sabéis qué? Pues que tengo una risa muy contagiosa, una risa como de gallina turulata. Al parecer, emito una especie de cloqueo que recuerda a uno de esos sacos de la risa que venden en las tiendas de artículos de broma.

–¡¡¡¡¡JA, JA, JA, JA, JA, JA, JA JA!!!!!

Nunca habría imaginado que los gánsteres tuvieran sentido del humor, ni ganas de partirse la caja en circunstancias como esas. Pero, al parecer, les contagié la risa y primero empezó el gordo, después el delgaducho y, finalmente, el alto, que era el que conducía.

–¡Je, je, je, je!

–¡Ji, ji, ji, ji, ji!

–¡Jo, jo, jo, jo!

Ninguno de nosotros había tenido en cuenta que cuando uno se ríe, los ojos tienden a cerrarse, el estómago se te encoge y una sensación de descontrol se apodera del cuerpo. El que iba conduciendo cerró demasiado los ojos y las consecuencias fueron previsibles.

–¡¡¡YYYYYYY!!! ¡PATAPAM! ¡CATA-CLOC! ¡STUMPF!

Sí, los cuatro sonidos correspondían, correlativamente, a todo esto: frenazo del coche, trompazo contra un árbol, caída de una de las puertas y apagado repentino del motor.

¿Alguien se había hecho daño? El coche seguro que sí. Pero, ¿y los gánsteres? ¿Y yo mismo?

8. ¡Noni, noni, noni, noni, noni! O la ambulancia ya está aquí

La comisaría de policía quedaba lejos, y las hermanas Coscorrón se pusieron un poco nerviosas porque temían que los gánsteres escapasen. También estaban preocupadas por mí, claro. Con las manos en el volante y sudando más que el campeón olímpico de los cuatrocientos metros vallas, el pobre camionero intentaba entender la historia que le contaban.

—Y tres facinerosos, zascandiles, depredadores y salteadores de caminos nos han raptado y nos han atado de pies y manos...

—Sí, pero antes ya habíamos notado algo extraño en la sucursal bancaria... Tengo pruebas, ¿eh? Mire esta foto y compruebe lo feos y sospechosos que son estos hombres.

–Todo ha pasado por culpa de una maldita caca de perro que nos ha llevado hasta aquí precisamente el día que emitían el último capítulo de mi serie favorita. Por cierto, ¿sabe usted si, al final, Luis Gerardo se casa con Fernanda Elena?

En esos momentos, dentro del coche accidentado de los gánsteres, yo me sentía como si fuera la alfombra situada en la entrada de unos grandes almacenes el día que empiezan las rebajas del siglo. El mundo me había pasado por encima. Empecé a mover partes del cuerpo para comprobar si me había roto algo y noté que no. Todo en orden. En cuanto al estado de salud de los gánsteres, un concierto de AYS y UYS en do menor indicaba que se habían llevado unos buenos chichones.

Salimos del coche abollado como pudimos y nos ayudamos unos a otros. Aquellos hombres no tenían miedo de que me escapara, porque la sola idea de ponerse a correr detrás de mí les parecía tan absurda como escalar el Everest a la pata coja, sin oxígeno y con un tanga como única prenda de vestir.

Los vecinos de la zona salieron enseguida a ver qué pasaba, y el «efecto mirón» que se produce cuando hay un accidente hizo parar a varios coches. Pronto hubo un concierto de bocinas, porque venía el camión de la basura y quería pasar.

¡¡¡Noni, noni, noni, noni, noni!!! La sirena de la ambulancia puso en guardia a los gánsteres y, tras hacer una pausa en el recital de quejas, me dijeron:

–Chico, mantén la boca cerrada o vamos a retorcerte el brazo tan fuerte que este accidente te parecerá un viajecito en los coches de choque.

–¡No diré nada! ¡Lo juro!

Ni yo mismo podía escuchar mi propia voz de tan bajito como hablaba.

Los de la ambulancia nos preguntaron si nos habíamos hecho mucho daño. ¡Vaya preguntita!

–No, mire, es que hemos visto este árbol y nos hemos dicho: ¡Eh! ¿Por qué no nos empotramos contra él? –dijo el gánster alto y grueso, intentando hacerse el simpático.

Los tres malhechores se situaron muy cerca de mí y uno de ellos me agarró por el brazo amenazadoramente. ¿Qué podía hacer para indicar a los de la ambulancia que aquellos tres hombres eran malos? Y las hermanas Coscorrón, ¿dónde estaban? Y aún había más: ¿podría yo, algún día, volver a colocar mis orejas en el lugar donde las he tenido siempre?

De repente, tuve una idea genial. Una idea que parecía sacada del *Manual de Grandes Ideas Genia les de la Humanidad a Través de los Siglos*, editado por Genius Ideas and Co.

9. ¡Alto! ¡Stop! ¡Quietos!
(y otras expresiones por el estilo)

—¡Se ha desmayado! ¡Rápido, una camilla! —dijo uno de los sanitarios.

¡CATACLONC!

Aunque había intentado caer al suelo con cierta elegancia, me hice un buen chichón. Empezaba a tener el esqueleto tan machacado como si una manada de búfalos hubiera pasado por encima y, después de dar media vuelta, hubiera vuelto a pasar, pero esta vez marcándose unos pasos de claqué. Desde el suelo entreabrí un ojo para ver cómo reaccionaban los gánsteres. ¿Se habrían tragado mi falso desmayo?

—¡No es nada! ¡No hay problema! ¡Seguro que está bien! —dijo el alto a los sanitarios.

–¡Lo hace siempre! Es como un tic, cada vez que tenemos un encontronazo con el coche, ¡el chaval se nos desmaya! –soltó el gordo, al que le sudaban hasta los pelos de la nariz.

–¡Debe de estar hambriento! Seguro que es eso –recalcó el delgaducho.

Por suerte, los sanitarios no les hicieron ni caso y me colocaron en la camilla. ¡Qué bien! Ahora me llevarían al hospital y podría explicar todo lo que estaba sucediendo. ¡Podría liberar a las hermanas Coscorrón!

Pero aquellos grandullones no me iban a dejar escapar tan fácilmente. ¿Sabéis qué hicieron? ¡Los tres simularon que se desmayaban! Me copiaron la idea, ¡los muy astutos!

–¡Necesitamos refuerzos! –pedía uno de los sanitarios a través de la radio de la ambulancia.

Los mirones que pasaban por allí no podían creerse lo que veían. Todo parecía una coreografía. Aunque poco atractiva, como os podéis imaginar.

Los dos sanitarios estaban tan desbordados que pensé que, de un momento a otro, acabarían sufriendo también un desmayo. ¡Caramba, esto no es lo que yo había planeado!

¡Ni-nao, ni-nao, ni-nao, ni-nao! ¡La sirena de la policía! ¡Por fin! ¡Qué alegría! Fue una lástima que me olvidara de que acababa de simular un desmayo, porque me incorporé de un salto y, levantando los brazos, me puse a saltar.

–¡Paren! ¡Delincuentes a la vista!

Cuando el coche patrulla se detuvo al lado, salieron dos agentes y... ¡sorpresa! ¡Las tres hermanas Coscorrón!

–¡Abuela! ¡Tías abuelas! ¡Estoy aquí! –grité.

Ascensión Coscorrón me dio uno de esos abrazos que, si no estás alerta, acaban asfixiándote. Menos mal que no llevaba aquel abrigo de piel sintética, porque sino, ¡no lo cuento! Rosalía y Carmen también querían abrazarme y, muy pronto, aquello fue una maraña de brazos de la que resultaba casi imposible escapar.

Los gánsteres, conscientes de que la cosa se ponía muy fea para ellos, también se «recuperaron» milagrosamente del desmayo. Los de la ambulancia no podían creérselo. Afortunadamente, los policías reaccionaron...

–¡Alto! ¡Manos arriba! –dijo uno de los agentes a los gánsteres.

Pero aquellos grandullones no estaban dispuestos a dejarse atrapar y se pusieron a correr calle abajo. ¡Caramba! ¡Qué velocidad!

–¡Se escapan! –chillé, convencido de que aquella aventura nocturna no acabaría nunca y que todos los protagonistas acabaríamos persiguiéndonos unos a otros durante el resto de nuestras vidas.

Todos fuimos detrás de ellos: la policía, las hermanas Coscorrón, yo mismo, los sanitarios, algunos curiosos... Aquello parecía la media maratón.

–¡Alto, bribones! –gritó Carmen.

–¡Stop! –dijo Rosalía.

–¡QUIETOS! –se desgañitó Ascensión, que siempre tiene dificultades a la hora de controlar el volumen de su voz.

La persecución duró un buen rato, pero gracias a Carmen Coscorrón tuvo un buen final. ¡Fssssssiuuuuuu! Una de sus pantuflas fue a darle en la cabeza al gánster alto y gordo y ¡fssssssiuuuuuu!, la segunda pantufla impactó de lleno en la nariz del gordito. Como ya sabéis que Carmen no tiene tres pies, le faltaba un proyectil para alcanzar al tercer gánster... Por suerte, Rosalía llevaba su perfume caducado en la bolsa y ¡fssssssiuuuuuu!, impactó contra la nuca del delgaducho. Saltó el tapón del frasco y el perfume anestésico les dejó a los tres durmiendo como unos angelitos...

¡Fantástico! Pero, claro, la policía nos dijo que era necesario que demostráramos que aquellos tres gorilas roncadores eran los ladrones del banco. Y las hermanas Coscorrón pudieron mostrar su talento y sus pruebas...

¿Tenéis alguna duda?

10. Las Coscorrón y el inspector Peñazo

–No sabemos de qué nos está hablando...

–¡Somos inocentes!

–¡Estas abuelas están locas y el chico también!

Los tres gánsteres no estaban para bromas. No querían admitir ni el robo del banco, ni el secuestro de las hermanas Coscorrón, ni mi secuestro, ni la bajada de los tipos de interés, ni nada de nada... Y no solo eso, el alto y grueso no paraba de rascarse el chichón, el gordito se hurgaba la nariz hinchada y el delgaducho se frotaba el cogote, donde todavía podía verse la marca del tapón del frasco de perfume.

En la sala de interrogatorios, el inspector Peñazo iba poniéndose cada vez más nervioso. Y como le pasaba siempre que se ponía nervioso, se le iban cayendo pelos de la cabeza. Si la cosa seguía así, su cráneo pronto parecería un coche descapotable.

—¡Confiesen de una vez! —espetó el inspector a los gánsteres.

—¡Sí, hombre! ¡Y un cuerno! —dijo el alto y grueso, absolutamente seguro de que no tenían pruebas contra ellos.

Por suerte, las hermanas Coscorrón ya habían declarado y entraron en la sala para ayudar al inspector:

—¡Ajá! ¡Mamarrachos disecados, lameletrinas, lombrices de secano, cerebros de plástico! ¿Qué le queríais hacer al pobre Marcelo?

Carmen estaba fuera de sí.

—¿Por qué vais tan mal vestidos? ¡Aunque seáis unos gánsteres podríais ir un poco más a la moda!

Rosalía era de la opinión de que hasta para delinquir se debía vestir elegantemente.

—Por vuestra culpa me he quedado sin ver el final de la telenovela, ¡desgraciados! ¡Y confesad rapidito o también me perderé el programa del corazón!

Sí, faltaban pocos minutos para que empezara una de las emisiones preferidas de Ascensión: *Con las manos en las vísceras*.

El pobre inspector Peñazo sudaba más que un oso polar con gabardina dentro de una sauna. La sala de interrogatorios empezaba a tener el aspecto de un salón enmoquetado, con tanto pelo como perdía el pobre hombre.

–¡Señores! ¡Calma! ¡Lo que necesitamos son pruebas!

Una a una, Carmen, Rosalía y Ascensión, se enfrentaron a los temibles gánsteres de poca monta:

–¿Qué decís de todas estas fotografías? –dijo Rosalía–. Sí, no pongáis esa cara... ¡Habéis salido fatal! Pero con estas imágenes queda demostrado que estabais espiando los movimientos de la oficina bancaria.

El inspector Peñazo iba observando una a una las imágenes de la cámara digital de Rosalía y abría los ojos como platos, pero no por las fotos donde aparecían los gánsteres, ¡sino por la cantidad que había! ¡Aquella abuela era una reportera excepcional!

–¿Necesita otra prueba, inspector? –preguntó Ascensión–. Pues vaya al almacén del muelle (el más sucio y oscuro que vea, no tiene pérdida) y allí encontrará, bien esparcidas, las cuentas de un collar de señora. De mi collar, para ser más exactos. ¡Porque es allí donde nos tuvieron secuestradas estos desgraciados!

¿Un almacén sucio y oscuro en el muelle? ¡Pues claro! ¿Cómo no se le había ocurrido antes? El inspector Peñazo se dio cuenta de que aquellas abuelas disponían de muchos recursos.

Los gánsteres no se quedaron callados:

–¡Las fotos pueden estar trucadas! ¡Y pueden haber esparcido las cuentas del collar a propósito! ¡Nosotros no hemos ido nunca a esa sucursal bancaria!

Pero Carmen tenía una prueba D-E-F-I-N-I-T-I-V-A...

–¡Muy bien, destripaterrones! ¡La marca que hay en la caca que he encontrado delante de la sucursal bancaria coincide con la suela de uno de vuestros zapatos! He hecho un molde. ¡O sea, que sí que habéis estado en el lugar de los hechos, moscardones! ¡No lo podéis negar!

El inspector Peñazo hizo las comprobaciones y sí, la suela del zapato de uno de los gánsteres coincidía con la marca de la caca. Y para acabarlo de confirmar, en el zapato del gánster todavía quedaban restos de... Bien, no es necesario entrar en detalles...

–Señoras, son ustedes las detectives más astutas que he conocido nunca –dijo el inspector Peñazo, muy ceremonioso–. Ya me gustaría que algunos de mis subordinados fueran así.

Las hermanas Coscorrón se inflaron tanto con los halagos del inspector que casi no cabían por la puerta.

–Es usted un galán embaucador –dijo Carmen. Por suerte, adjuntó la traducción–: ¡Quiero decir que nos dice cosas muy bonitas!

–Y si se arreglara un poco el pelo, ¡estaría muy guapo! –añadió Rosalía, mientras le hacía una foto con la cámara.

–Me recuerda a alguien... ¡Ah, sí! Usted se parece a Luis Gerardo de *Amor en tiempos sedientos*. ¡Igual, igual! –soltó Ascensión mientras se recolocaba la dentadura postiza.

¿Y yo? Yo miraba y escuchaba y no podía creérmelo. Las Coscorrón y el inspector Peñazo hacían una combinación extraordinaria. ¡Qué abuelas tan intrépidas! Habían salido del apuro sin un rasguño. En cambio, yo tenía tantos cardenales que mis muslos parecían un mapamundi. Pero no uno normal, no. Un mapamundi estrujado, prensado, comprimido, rasgado y, finalmente, aplastado.

11. ¡La Agencia Coscorrón en marcha!

—¡¡¡¡¡¡Oooooooeeeeeeé!!!!!!

¡Las hermanas Coscorrón son unas *cracks*!

Estaba tan contento que empecé a saltar por la calle y ellas se pusieron a bailar. Temí que la policía volviera para llevarnos a la comisaría por culpa del escándalo que estábamos montando.

—¡Me siento muy bien! ¡Me parece que ya no necesito ni el bastón! —exclamó Carmen.

—Pues a mí no me duele nada. Es más, ahora mismo bailaría la rumba —dijo Rosalía.

—¡Tengo hambre! —añadió Ascensión—. ¿No habrá sobrado alguna cosilla para comer?

Una vez en casa, y mientras saborcábamos un «poquito» de la comida que había hecho Carmen (nada... solo sopa de calabaza, canapés de atún y huevo duro, cordero asado con patatas, salsa mayonesa y pastel de manzana), no podía dejar de darle vueltas a una idea.

–Niño, ¿qué te pasa?

–¡Ay, que aquellos gánsteres lo han dejado más aplastado que una empanadilla!

–¡Pobrecillo! ¡Debes de estar agotado!

Pero yo no las escuchaba. ¡Barrum, szzzuuuummm, barrum, szzzuuuummm! Mi cabeza zumbaba y, como hacen los ordenadores cuando se les pone en marcha el ventilador, podía oírse cómo mi máquina estaba en proceso de hacer funcionar todos los circuitos.

De repente, la bombilla imaginaria que todos llevamos dentro de la cabeza se iluminó.

¡Pling! (Sonido de cuando te viene una idea.)

¡PUES, CLARO! ¡Un letrero de neón apareció ante mí! Podía imaginar el ruido que harían miles de fans en la puerta de casa, gritando y tirándose de los pelos... Me imaginaba la expectación en periódicos y revistas, en la televisión y la radio, en Internet... ¿Por qué no? Podía ser el principio de...

Sí, ¡una agencia de detectives como las que salen en las películas! Con tres mujeres intrépidas, dispuestas a resolver todos los casos y a enfrentarse a toda clase de personajes temibles.

Las hermanas Coscorrón no son forzudas, pero pueden detener a los malhechores con sus propias armas. No pueden correr para alcanzar a los gánsteres, pero saben qué hacer para que se detengan. No han estudiado en una academia de policía, pero tienen la astucia suficiente para desbaratar las mentiras de los delincuentes y ponerlos contra las cuerdas.

–¡Chicas! A partir de ahora ya no os tendréis que preocupar más por si la pensión no os alcanza para llegar a final de mes. A partir de ahora seréis unas ¡¡¡¡ABUELAS DETECTIVES!!!!

Las hermanas me miraron como si acabara de decirles que me había inscrito en una carrera de Fórmula 1 a bordo de un coche de juguete.

–¿Qué dices, Marcelo?

–¿Aquellos gánsteres te han obligado a comer alguna croqueta tóxica?

–¿Has perdido la cordura?

Esta última fue Carmen, como se puede comprobar por el vocabulario.

Pero las hermanas Coscorrón no son personas normales y corrientes. Tienen ese puntito de locura y de valentía... Y yo sabía que esa idea no tardaría mucho en hacer su efecto. Solo tenía que esperar algunos segundos...

–Pero ahora que lo dices... Es cierto que con la pensión no nos llega ni para renovar los cordones de los zapatos –reflexionó Carmen, en voz alta.

–Y a mí un sobresueldo me iría de perlas para comprarme algún modelito más –dijo Rosalía.

–¡Pues yo necesito más laca! ¡Ya estoy harta de comprar laca de oferta que te deja la cabeza como el casco de un astronauta! –masculló Ascensión.

Se hizo un silencio misterioso. Una pausa extraña de aquellas que se producen antes de que pase algo gordo. Las tres se miraron, se cogieron de las manos y dijeron:

–¡Todas para una y una para todas! Acaba de nacer HERMANAS COSCORRÓN, AGENCIA DE INVESTIGACIÓN.

¡TALONG! ¡TALONG! ¡TALONG!

Un sonido imaginario de campanas sobrevoló el comedor. Y yo, claro, me vi obligado a añadir una réplica:

–Los Tres Mosqueteros, en realidad, eran cuatro, ¿no? Pues el cuarto... ¡soy yo!

12. ¿Y la caca misteriosa?

Habíamos descubierto a los ladrones del banco de la esquina, pero nos habíamos olvidado de la señora Margarita y de su queja sobre la caca misteriosa. Eso no podía quedar así. ¡Las hermanas Coscorrón debían resolver el caso!

Después de espiar a algunos sospechosos, seguir indicios y charlar con unos y otros, cada una de las hermanas encontró al perro responsable del «regalito» que tanto preocupaba a su vecina.

O sea que... ¡Puedes ESCOGER EL FINAL que quieras!

Según Carmen Coscorrón:

¿Queréis saber cómo descubrió Carmen al perro autor de la caca?

Pues a base de paciencia. Carmen se instaló cerca de la ventana que daba justo a la calle, y mientras tejía una bufanda de ocho metros de largo y guisaba ternera estofada, un pollo al horno, dos kilos de judías, un puré de patatas como guarnición para las setas y un flan de naranja y vainilla, observó los movimientos del vecindario.

Y, ¿sabéis qué? Que pilló *in fraganti* a *Garbancito,* ¡el perro de Encarna!

Según Rosalía Coscorrón:

¿Queréis saber cómo descubrió Rosalía al perro autor de la caca?

Pues comentándolo con todo el vecindario. Rosalía preguntó por todas partes (en los puestos del mercado, en la panadería, en la sala de espera del Centro de Atención Primaria, en el Club del Jubilado...). Pero le faltaba la prueba esencial: la fotografía del acto. Y la obtuvo después de llenar varias tarjetas de memoria de su cámara digital.

Y, ¿sabéis qué? Que pilló *in fraganti* a *Gominola*, ¡el perro de Enrique, el vendedor de «chuches»!

CONSULTAS

Según Ascensión Coscorrón:

¿Queréis saber cómo descubrió Ascensión al perro autor de la caca?

Pues fue gracias a la serie *Amor en tiempos sedientos*. Después de haberse perdido algunos capítulos por culpa del robo y de los gánsteres, se fue al cibercafé que hay en nuestra calle y se conectó a los vídeos a la carta de Internet. Desde allí, además de verificar, por enésima vez, que Luis Gerardo es un bobo, que Fernanda Elena es una pánfila y que Carmen Marta sacó un sobresaliente en el examen de supervillana, Ascensión pudo ver unos movimientos sospechosos... Pero que muy sospechosos. Sospechosísimos...

Y, ¿sabéis qué? Que pilló *in fraganti* a *Choricito*, ¡el perro de Telma y Luis, los de la charcutería de la esquina!

¡LAS HERMANAS COSCORRÓN HABÍAN RE-SUELTO SU PRIMER CASO!

Los propietarios de los perros fueron advertidos de que habían sido pillados *in fraganti* y rectificaron. A partir de entonces, no salían de casa sin la bolsa de plástico para recoger las... (¿es necesario que lo repita?).

Garbancito, Gominola y *Choricito*, que no tenían culpa de nada, continuaron tan encantadores como siempre, y todos los vecinos les hacían mimos cuando se los encontraban por la calle.

Margarita dejó de hablar EN MAYÚSCULAS, y la calle recuperó la PAZ.

Los de la sucursal bancaria les regalaron tres llaveros a las hermanas Coscorrón en agradecimiento a su tarea detectivesca, que había permitido detener a los gánsteres. Generosos ellos, como siempre...

Y aunque, finalmente, no se pusieron de acuerdo en quién era el autor de la caca misteriosa, las hermanas Coscorrón habían demostrado que poseían un buen olfato de detective.

FIN

CONTENIDO EXTRA (o, por decirlo de otra forma, un poco de trabajo para ti)

¿Creías que habías acabado con esta aventura? ¡Pues no! Te proponemos algunas pruebas más que te servirán para desarrollar tu nariz de detective.

1. En esta colección de fotos de Rosalía hay una que no ha hecho ella. ¿Sabes cuál es?

**2. En el bolso de Ascensión caben tantas cosas...
¡A ver si entre todos estos billeteros encuentras el
que es distinto!**

3. Carmen ha preparado una sopa de letras donde aparecen los nombres de varios personajes de esta historia. ¿Los encuentras todos?

C	O	S	C	O	R	R	Ó	N
C	A	R	M	E	N	A	ó	G
P	E	Ñ	A	Z	O	I	M	A
B	C	D	R	E	S	G	A	R
F	G	H	C	N	I	O	R	B
J	K	L	E	M	N	M	G	A
O	P	C	L	Q	R	I	A	N
S	S	T	O	U	V	N	R	C
A	X	Y	Z	A	B	O	I	I
C	D	E	F	G	H	L	T	T
R	O	S	A	L	Í	A	A	O
C	H	O	R	I	C	I	T	O

4. Este es un juego de pistas por todo el libro. Tienes que rastrear en qué páginas aparecen:

- Una caca cerca del zapato de un gánster.
- Ascensión con un bolso de rayas del que sobresale un abanico.
- Rosalía con gafas de sol.
- Carmen con un bate de béisbol en lugar de un bastón.
- Marcelo con un zapato y una zapatilla.
- El inspector Peñazo con un bocadillo de chorizo.
- La vecina Margarita con una novela bajo el brazo.
- Una pantalla de televisión en la que aparece la presentación de la serie *Amar en tiempos sedientos*.

Soluciones

Solución a la página 80:
**La segunda por la izquierda
de la segunda fila.**

Solución a la página 81:
**El segundo por la izquierda
de la quinta fila.**

Solución a la página 82:

Solución a la página 83:
22, 39, 75, 78, 56, 66, 18, 73

Índice

Anna Cabeza

Seguro que, después de la lectura de este libro, pensarás que la autora está loca. Pues sí, ¡tienes razón! Pero solo un poco...

Podría hacer una biografía seria y contar que nací en Sabadell, que me licencié en Ciencias de la Información, que he ejercido de periodista cultural en varios medios de comunicación... Pero eso resultaría muy aburrido.

En su lugar, prefiero contarte cómo se crearon las Hermanas Coscorrón. Eso fue hace unos años, un día en que, junto a mi marido y mi hijo Marcel, fuimos a parar a un horrible hotel (no diré el nombre, solo que era un lugar siniestro). No nos quedó otra opción que dormir allí y, para olvidar el mal rato que estábamos pasando, le propuse a Marcel que inventáramos una historia. «¿Y si convertimos a tus dos abuelas en detectives?», le propuse. Luego, añadimos a la prima de una de ellas, con lo que ya teníamos un trío de abuelas dispuestas a todo. Nos lo pasamos tan bien inventando las «armas» que llevarían y los casos que resolverían, que nos olvidamos del horrible lugar en que nos encontrábamos. El poder de la ficción...

Y es que tanto escribir como leer son mis aficiones preferidas. No me imagino vivir sin libros a mi alrededor.

También me gusta viajar, escuchar música, conversar, cantar, caminar y, sobre todo, cocinar. Me encanta hacer *cupcakes* (unos pastelillos en forma de magdalena decorada). ¡Son tan lindos!

Toni Batllori

Caricaturista. Nacido en Barcelona en 1951. Hijo de dibujante. Después de probar muchas otras cosas acabó dibujando también, aunque nunca ha dejado de probar las muchas otras cosas. Humorista gráfico reconocido, ha recibido los premios *Salas i Ferrer* (2000), *Gat Perich* (2004), *Junceda* (2004) y *Ciudad de Barcelona* (2007). Es colaborador habitual del periódico *La Vanguardia*.